Alicia's Fruity Drinks
Las aguas frescas de Alicia

By / Por
Lupe Ruiz-Flores

Illustrations by / Ilustraciones de
Laura Lacámara

Spanish translation by / Traducción al español de
Gabriela Baeza Ventura

PIÑATA BOOKS

Piñata Books
Arte Público Press
Houston, Texas

Publication of *Alicia's Fruity Drinks* is made possible by grants from the City of Houston through the Houston Arts Alliance, the Marguerite Casey Foundation, the W. K. Kellogg Foundation and the Simmons Foundation. We are grateful for their support.

Esta edición de *Las aguas frescas de Alicia* ha sido subvencionada por la Ciudad de Houston por medio del Houston Arts Alliance, Marguerite Casey Foundation, W. K. Kellogg Foundation y Simmons Foundation. Les agradecemos su apoyo.

Piñata Books are full of surprises!
¡Piñata Books están llenos de sorpresas!

Piñata Books
An Imprint of Arte Público Press
University of Houston
452 Cullen Performance Hall
Houston, Texas 77204-2004

Cover design by / Diseño de la portada por Bryan Dechter

Ruiz-Flores, Lupe.
   Alicia's Fruity Drinks / by Lupe Ruiz-Flores; illustrations by Laura Lacámara; Spanish translation, Gabriela Baeza Ventura = Las aguas frescas de Alicia / por Lupe Ruiz-Flores; Ilustraciones de Laura Lacámara; Traducción al español de Gabriela Baeza Ventura.
       p.   cm.
   Summary: After enjoying a blended fruit drink called aguas frescas during a festival celebrating Mexico's independence, seven-year-old Alicia and her mother make their own at home, then invite Alicia's soccer team over to try them.
   ISBN 978-1-55885-705-6 (alk. paper)
   [1. Fruit juices—Fiction. 2. Diabetes—Fiction. 3. Spanish language materials—Bilingual.] I. Lacamara, Laura, ill. II. Ventura, Gabriela Baeza. III. Title. IV. Title: Aguas frescas de Alicia.
   PZ73.R863 2012
   [E]—dc23
                                                                        2011038917
                                                                             CIP

Printed in China in November 2011–January 2012 by Creative Printing USA Inc.
12 11 10 9 8 7 6 5 4 3 2 1

To Carolyn Dee, Eddie Rey, Sylvia Ann, Sarah
and Tomai, for their love and support.
—LR-F

For Annalisa, my effervescent little *fresca*.
—LL

Para Carolyn Dee, Eddie Rey, Sylvia Ann,
Sarah y Tomai, por su cariño y apoyo.
—LR-F

Para Annalisa, mi pequeña fresca efervescente.
—LL

Mariachis dressed in black outfits strolled across the festival grounds singing and playing their violins, trumpets and guitars.

Wearing big fancy sombreros, they serenaded the crowd at the annual city festival held for Mexican independence. The people clapped and danced and sang along, including Alicia and her parents. Folkloric dancers twirled in their blue, orange, red and yellow dresses. Gaily decorated booths lined the little plaza.

Los mariachis vestidos con sus trajes negros atravesaron el patio del festival cantando y tocando sus violines, trompetas y guitarras.

Con grandes y elegantes sombreros, le cantaron al público durante el festival anual de la ciudad por el día de la independencia de México. La gente aplaudió y bailó y cantó, incluyendo a Alicia y sus papás. Los danzantes folclóricos bailaron en sus vestidos azules, naranjas, rojos y amarillos. Los puestos decorados alegremente rodeaban la pequeña plaza.

The hot humid day had made Alicia very thirsty. "Mami, may I have a drink?"

"Of course," her mother replied. "Those *aguas frescas* look delicious. We'll both get some."

"*Aguas frescas*? What's that?"

"Fruit juices in all flavors," Mami answered. "When I was growing up, these were my favorite drinks."

El día caliente y húmedo le dio sed a Alicia. —Mami, ¿puedo tomar algo?

—Por supuesto —respondió su mamá—. Esas aguas frescas se ven deliciosas. Compremos para las dos.

—¿*Aguas frescas*? ¿Qué es eso?

—Jugo de frutas de todos los sabores —respondió Mami—. Cuando era niña, esas eran mis bebidas favoritas.

Alicia saw a row of gigantic glass jars filled with red, yellow, green, orange and brown juices.

Alicia's eyes got big. "Wow. A rainbow of juice colors. What is that red one?"

"Watermelon," her mother replied.

Alicia giggled. "I thought watermelon only came in slices. What about the yellow one?"

"That's pineapple."

"I know that one's lemonade," Alicia said, pointing to the lemon slices floating in the jar. "And the orange one?"

"My favorite," said Mami. "Cantaloupe. And the brown one is tamarind."

Alicia vio una hilera de gigantes frascos llenos de agua roja, amarilla, verde, naranja y café.

Los ojos de Alicia se agrandaron. —Caramba. Un arco iris de aguas de colores. ¿De qué es la roja?

—Sandía —respondió su mamá.

Alicia rio. —Pensé que la sandía sólo se servía en rebanadas. ¿Y la amarilla?

—Esa es de piña.

—Sé que esa es limonada —dijo Alicia, señalando las rebanadas de limón que flotaban en el frasco—. ¿Y la naranja?

—Mi favorita —dijo Mami—. Melón. La café es de tamarindo.

Alicia chose the watermelon juice. She took a sip. It was so good, she drank it all.

"Mami, this tastes better than that red soda I drink after soccer practice. Can we make some of these at home?"

"Of course," Mami replied. "We can buy fresh fruit and make juice in our blender."

Alicia escogió el agua de sandía. La probó. Estaba tan sabrosa que se la tomó toda.

—Mami, ésta sabe mejor que el refresco rojo que tomo después del entrenamiento de fútbol. ¿Podemos hacer estas aguas en casa?

—Por supuesto —contestó Mami—. Podemos comprar fruta fresca y hacer las aguas en nuestra licuadora.

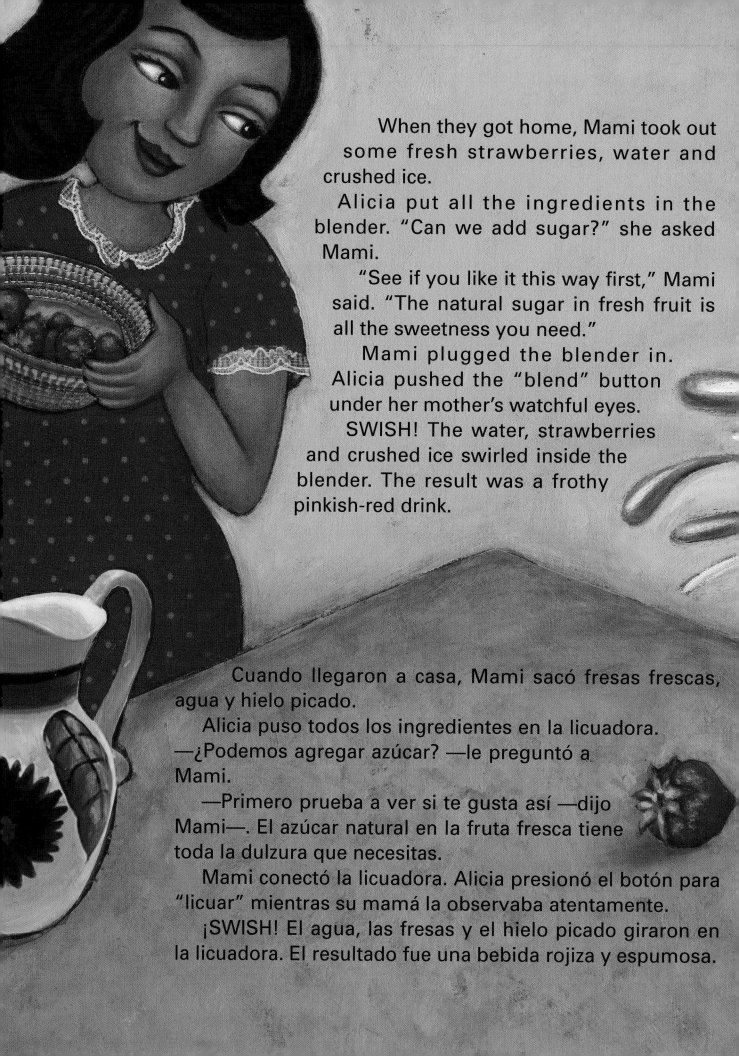

When they got home, Mami took out some fresh strawberries, water and crushed ice.

Alicia put all the ingredients in the blender. "Can we add sugar?" she asked Mami.

"See if you like it this way first," Mami said. "The natural sugar in fresh fruit is all the sweetness you need."

Mami plugged the blender in. Alicia pushed the "blend" button under her mother's watchful eyes.

SWISH! The water, strawberries and crushed ice swirled inside the blender. The result was a frothy pinkish-red drink.

Cuando llegaron a casa, Mami sacó fresas frescas, agua y hielo picado.

Alicia puso todos los ingredientes en la licuadora. —¿Podemos agregar azúcar? —le preguntó a Mami.

—Primero prueba a ver si te gusta así —dijo Mami—. El azúcar natural en la fruta fresca tiene toda la dulzura que necesitas.

Mami conectó la licuadora. Alicia presionó el botón para "licuar" mientras su mamá la observaba atentamente.

¡SWISH! El agua, las fresas y el hielo picado giraron en la licuadora. El resultado fue una bebida rojiza y espumosa.

Alicia poured it into a glass.

"Mmm. This is so good! But it doesn't look clear like those at the festival."

"That's because we used the blender," Mami said.

"I like them better this way, all frothy, almost like a slushy," Alicia said.

Alicia la sirvió en un vaso.

—Qué rico. ¡Ésta está deliciosa! Pero no quedó transparente como la del festival.

—Eso es porque usamos la licuadora —dijo Mami.

—Me gusta más así, toda espumosa, como un granizado —dijo Alicia.

After school the following day, Alicia had soccer practice. But Teresa, one of her teammates, was not there.

"Did she miss practice again?" Alicia asked her coach.

"Teresa's been seeing a doctor," the coach replied. "She might have diabetes, but her mother doesn't know for sure yet. That's why she's taking all kinds of tests. I'm sure she'll be back next week."

Después de la escuela, Alicia fue al entrenamiento de fútbol. Pero Teresa, una de sus compañeras, no estaba allí.

—¿Por qué no vino otra vez? —Alicia le preguntó al entrenador.

—Teresa ha estado yendo a un médico —dijo el entrenador—. Puede que tenga diabetes, pero aún no se lo confirman a su mamá. Por eso le están haciendo muchos análisis. Estoy segura de que volverá la próxima semana.

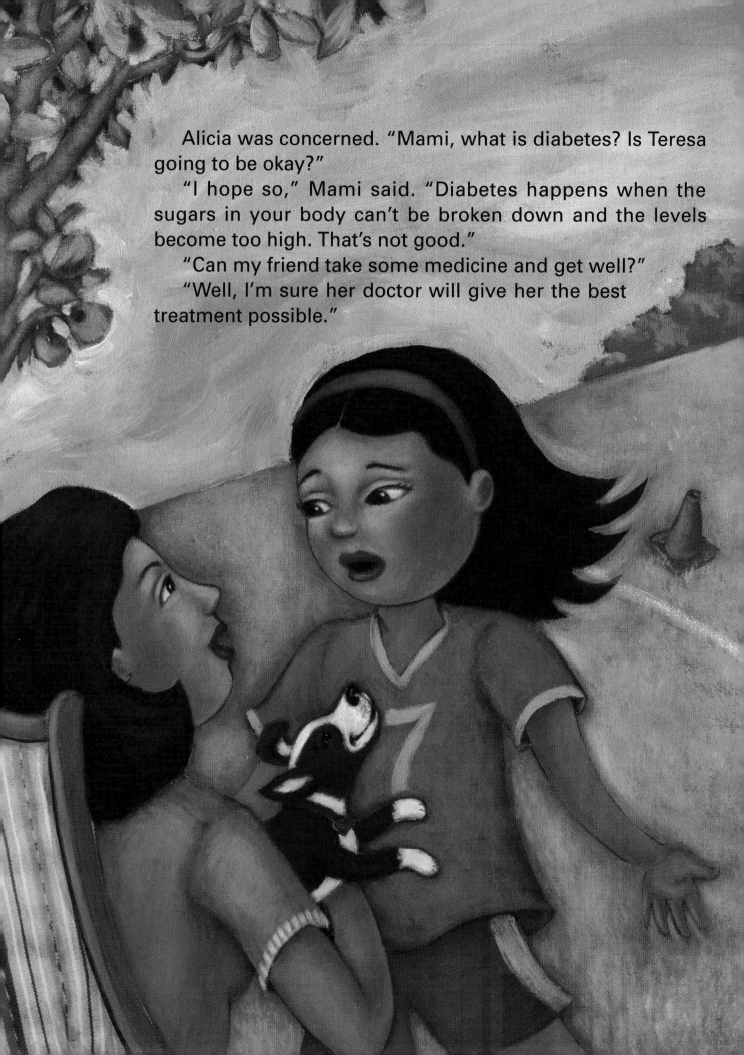

Alicia was concerned. "Mami, what is diabetes? Is Teresa going to be okay?"

"I hope so," Mami said. "Diabetes happens when the sugars in your body can't be broken down and the levels become too high. That's not good."

"Can my friend take some medicine and get well?"

"Well, I'm sure her doctor will give her the best treatment possible."

Alicia estaba preocupada. —Mami, ¿qué es diabetes? ¿Va a estar bien Teresa?

—Eso espero —dijo Mami—. La diabetes aparece cuando tu cuerpo no puede procesar el azúcar y los niveles aumentan demasiado. Eso no es bueno.

—¿Puede tomar medicina para mejorarse?

—Bueno, estoy segura de que su médico le dará el mejor tratamiento posible.

While Alicia practiced with her soccer team, she kept thinking about Teresa. I miss her, she thought. I hope she's okay.

"Mami, will I get diabetes?" Alicia asked her mother on the way home from practice.

"Sometimes we can prevent it by watching what we eat and exercising. That's why I don't like for you to drink sodas. They have too much sugar, which is bad for your health."

"I play soccer," Alicia said. "Is that exercise?"

"It's the best," Mami announced.

Mientras Alicia entrenaba con su equipo de fútbol, no dejaba de pensar en Teresa. La extraño, pensó, espero que esté bien.

—Mami, ¿yo me voy a enfermar de diabetes? —Alicia le preguntó a su mamá cuando iban de regreso a casa.

—A veces se puede prevenir cuidando lo que comemos y haciendo ejercicio. Por eso no me gusta que bebas refrescos. Tienen mucha azúcar, y eso es malo para tu salud.

—Yo juego fútbol —dijo Alicia—. ¿Eso es ejercicio?

—Es el mejor ejercicio —anunció Mami.

The next day, when practice was over, the girls on the team were sweaty, tired and thirsty. They rushed to get sodas from a cooler one of the parents had brought.

"You know what, Mami?" Alicia said, watching the other girls drinking their sodas. "I'll bet my soccer team would really like the fruity drinks we make at home. Can I invite them to the house after our next game?"

"I think that's a great idea," Mami said.

Al día siguiente, cuando terminó el entrenamiento, las niñas del equipo estaban sudorosas, cansadas y con sed. Todas corrieron a tomar refrescos de una hielera que llevó uno de los papás.

—¿Sabes qué, Mami? —dijo Alicia, viendo a las otras niñas beber sus refrescos—. Apuesto que a mi equipo de fútbol le encantarían las aguas frescas que preparamos en casa. ¿Las puedo invitar a casa después del próximo partido?

—Me parece una excelente idea —dijo Mami.

After the next game, the soccer team showed up at Alicia's house.

"We're going to make something special," Alicia said. "Alicia's Aguas Frescas."

"Huh? What's that?" Isabel asked.

"I'll show you," Alicia replied, bringing out some fresh strawberries from the refrigerator. "Today we're making strawberry drinks. Next time, we'll have watermelon, pineapple and then cantaloupe."

Después del siguiente partido, el equipo de fútbol llegó a la casa de Alicia.

—Vamos a hacer algo especial —dijo Alicia—. Aguas frescas de Alicia.

—¿Cómo? ¿Qué es eso? —preguntó Isabel.

—Te voy a enseñar —contestó Alicia y sacó fresas frescas del refrigerador—. Hoy vamos a preparar aguas frescas de fresa. La próxima vez haremos agua de sandía, de piña y después de melón.

While Mami supervised, each girl made her own drink.

"Wow! This is yummy," Isabel said, "better than canned drinks."

Alicia looked pleased.

Mientras Mami supervisaba, cada niña se preparó su propia bebida.

—¡Caramba! Esto está delicioso —dijo Isabel— mejor que los refrescos en lata.

Alicia estaba contenta.

The soccer team ended up at her house after all the practices. After the last game of the season, the team gathered in Alicia's back yard.

"We're going to miss these juice drinks," Isabel said.

"They're called Alicia's Fruity Drinks," Alicia said, teasing the girls. "You can make your own at home. Just don't forget they're named after me 'cause I started all this, right, Mami?"

Her mother winked and laughed.

"Let's take a vote," Isabel said. "Who wants to name these drinks after Alicia?"

All hands went up. "We do!"

El equipo de fútbol terminó yendo a su casa después de cada entrenamiento. Después del último partido de la temporada, las niñas se reunieron en el patio de Alicia.

—Vamos a extrañar estas aguas frescas —dijo Isabel.

—Se llaman "Aguas frescas de Alicia" —dijo Alicia jugueteando con las niñas—. Las pueden preparar en casa. Pero no olviden que llevan mi nombre porque yo empecé todo esto. ¿Verdad, Mami?

Su mamá le guiñó un ojo y rio.

—Votemos —dijo Isabel—. ¿Quién quiere que estas aguas lleven el nombre de Alicia?

Todas las manos se alzaron. —¡Nosotras!

Alicia's mother brought out a basket full of fresh fruit for one more day of juice drinks. From that day on, Alicia stopped drinking sodas. Instead, she experimented with other fruits to make the best frothy fruity drinks ever for the following soccer season.

La mamá de Alicia sacó una canasta llena de fruta fresca para que hicieran aguas una vez más. Desde ese día, Alicia dejó de beber refrescos. En vez de eso, experimentó con otras frutas para hacer las mejores y más espumosas aguas frescas para la próxima temporada de fútbol.

Lupe Ruiz-Flores is the author of the bilingual picture books, *The Battle of the Snow Cones / La guerra de las raspas* (Piñata Books, 2010), *The Woodcutter's Gift / El regalo del leñador* (Piñata Books, 2007) and *Lupita's Papalote / El papalote de Lupita* (Piñata Books, 2002). She is a member of the Society of Children's Book Writers & Illustrators and The Writers' League of Texas. She resides in Southwest Texas and has also lived in Thailand and Japan. She has one great-grandchild and five grandchildren. Visit her website at *www.luperuiz-flores.com.*

Lupe Ruiz-Flores es autora de varios libros infantiles bilingües, *The Battle of the Snow Cones / La guerra de las raspas* (Piñata Books, 2010), *The Woodcutter's Gift / El regalo del leñador* (Piñata Books, 2007) y *Lupita's Papalote / El papalote de Lupita* (Piñata Books, 2002). Es miembro del Society of Children's Book Writers & Illustrators y The Writers' League of Texas. Vive en el suroeste de Texas y ha vivido en Tailandia y Japón. Tiene un bisnieto y cinco nietos. Para saber más sobre ella, visita *www.luperuiz-flores.com.*

Laura Lacámara is a Cuban-American artist and author. *The Runaway Piggy / El cochinito fugitivo* (Piñata Books, 2010), written by James Luna, was Laura's debut as a children's book illustrator. Laura wrote *Floating on Mama's Song / Flotando en la canción de mamá* (HarperCollins), a picture book illustrated by Yuyi Morales. Laura lives in Venice, California, with her family. Please visit Laura online at: *www.LauraLacamara.com.*

Laura Lacámara es una artista y autora cubano-americana. *The Runaway Piggy / El cochinito fugitivo* (Piñata Books, 2010), escrito por James Luna, fue su debut como ilustradora de libros infantiles. Laura escribió *Floating on Mama's Song / Flotando en la canción de mamá* (HarperCollins), un libro infantil ilustrado por Yuyi Morales. Laura vive en Venice, California, con su familia. Visita a Laura en la red: *www.LauraLacamara.com.*